JN301827

すれちがうとき聴いた歌

桝野浩一

Koichi Masuno

絵／會本久美子

Kumiko Emoto

Little More

すれちがうとき聴いた歌

目次

1

毎日のようにメールは来るけれど
あなた以外の人からである

アップルパイで世界的に有名な店だというのに、私はストロベリーショートケーキ、夫はニューヨークチーズケーキを注文した。

「コーヒー専門店で紅茶を頼むようなものじゃないの？」

なんとなく気がとがめてそう言うと、

「じゃあお土産に買えばいいよ、アップルパイは」

夫は窓全体を洗っているかのような、雨の激しさを気にしているようだった。

どんな些末な問題にも解決策を見つけてしまう有能なところが、昔は大好きだった。今は少し憎らしく思う。夫が困るようなことを、わざと言いたくなってしまう。

「いいよ、りんご、とくに好きじゃないし。あとでバースデイケーキ食べるんでしょう?」

夫はきょう、ちょうど四十歳になった。誕生日プレゼント

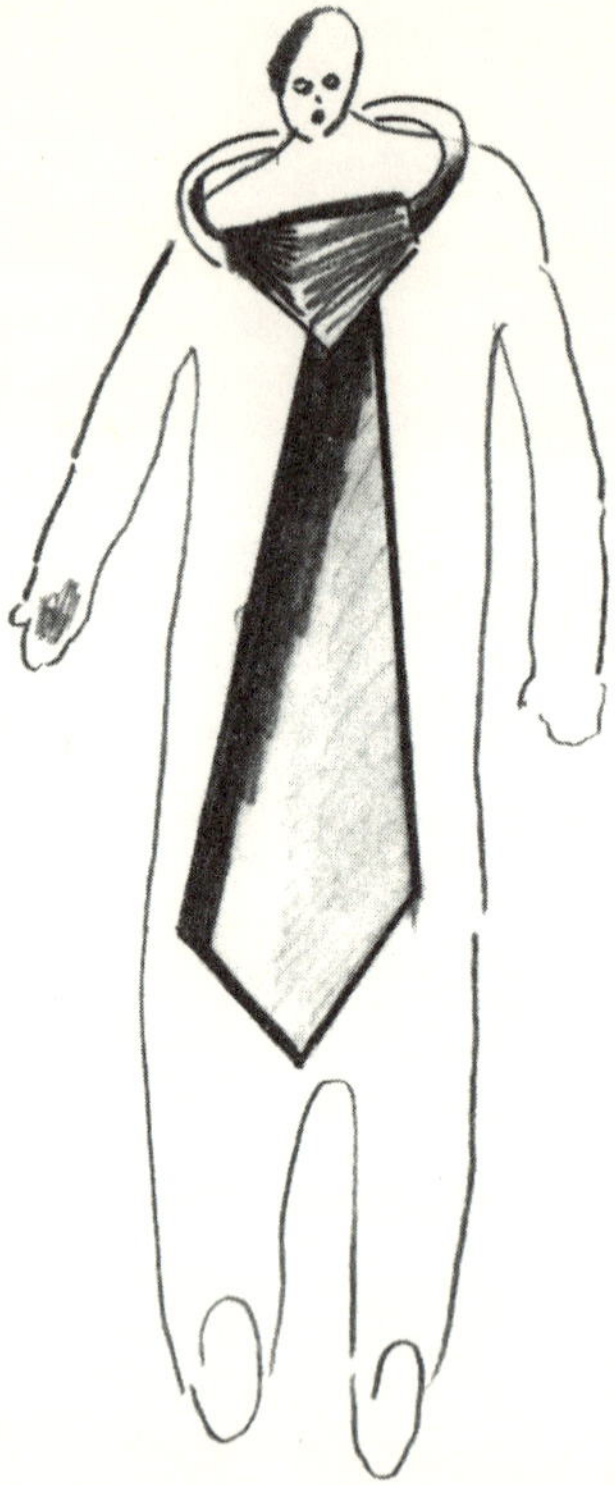

は十年前から、彼の選んだ店に二人で行き、私が選ぶというのが儀式になっている。

今年はネクタイ専門店だった。夫が好きそうな遊び心のある柄を選んだ。夫は満足そうだったが、私が心から好きな柄ではない。夫はまた体格がよくなった。熱心にプール通いをしているかららしいが、その裸は何年も見ていない。

化粧直しに立とうとして、携帯電話がないことに気づく。バッグの中も丁寧に見たけれど、ない。夫が私の番号にかけてみた。通じなかったようだ。

「たぶん、さっきのタクシーで落としたんだ。電源切ってるんだよ」

「どうして？　電源わざわざ切ったりする？」

「本人がいないのに電話がかかってきたりしたら面倒だからだろ？」

渋谷から代官山までタクシーに乗ったのだ。たしかに失敗を自分のせいにされることを極端に怖がっている感じの女の運転手だった。道も乗客に選ばせて、自分では決めない。

夫はタクシーの領収書を取り出し、てきぱき電話をかけた。

自分の携帯番号を伝え、

「その車で携帯が見つかったら時間がかかってもいいので、送迎で来てください。場所は、おろしてもらったあたりです。色は白です」

と言った。

「黒だよ、携帯の色なら！」

私が慌てて口を挟んだときにはもう遅くて、電話は切られてしまっていた。

「あ、そうだったっけ。まあ、大丈夫だよ」

私の携帯の色が先月変わったことにも、夫は関心がなかったんだろうと改めて思った。白は長いあいだ、私の好きな色だった。けれど好きなものというのは、変わるのだ。

タクシー会社からの電話を待つことにして、手洗いへ行って戻ると、夫が私のバッグの中をあさっていた。

「なにしてんの⁉」

思わず声を荒らげてしまったけれど、夫はバッグの中に携帯がないか、もういちど確かめていたのだった。

「タクシーには、なかったって……。絶対見つかるパターンだと思ったんだけどな……」

夫は目を何度もパチパチさせた。困ったときの癖だ。トラブル処理に自信のある夫が、みるみる元気をなくしていくのを見て、なんだか愉快な気持ちになった。携帯をなくして困るのは、私のほうなのに。

二人のコーヒーカップはとうに空になっていたが、夫が気をきかせて注文しておいた瓶入りのアップルサイダーとアップルジュースが、一本ずつテーブルに並んでいた。

「りんご、好きじゃないって言ったのに……」

そう言いながらもサイダーのほうを貰い、グラスにそそいでストローなしで飲み干す。

さっきバッグの中に、もし携帯が見つかっていたら、夫は私の携帯の中身を覗き見ただろうか、見なかっただろうか。

ネクタイ専門店にも電話してみたが、落とし物はなかったという。タクシーの中で、店の電話番号を調べるために携帯をつかった。タクシーにも店にもなかったら、あとはバッグの中か……道ばたに落ちているかだろう。

あっ、と思った。道路に落としたかもしれない。タクシーを降りるとき、傘に気をとられて財布を落としたのだ。財布は拾ったけれど、携帯も同時に落としていたとしたら？

私はアップルパイの店を飛び出し、小降りになっていたから傘もささず、大通りの向こう岸まで走った。タクシーを降りたあたりに目をやると、そこに、まっぷたつになった黒い物体が落ちていた。まるで憎しみで意図的に壊したかのような見事な壊れ方で、手に取ろうとしたら、電気的な熱を帯びていた。あちっ！　反射的に手をひっこめる。

「あぶない！　さわっちゃだめだよ！　爆発するかも！」

いつのまにか追いかけてきた夫が、私を後ろから抱え込む。

携帯の出会い系サイトで知り合ったばかりの若い男子のメールアドレスは、これで、わからなくなった。出会い系では返信がないうちに続けてメールすると嫌われる。彼は私のメールを心細く待っているはずだ。脈がない相手だと思って、アドレスを変えてしまうかもしれない。珍しく画像交換まで漕ぎ着け、いい相手がつかまったと浮き立っていたのに、また最初からやり直しだ。

振り返ると夫は泣いているように見えた。

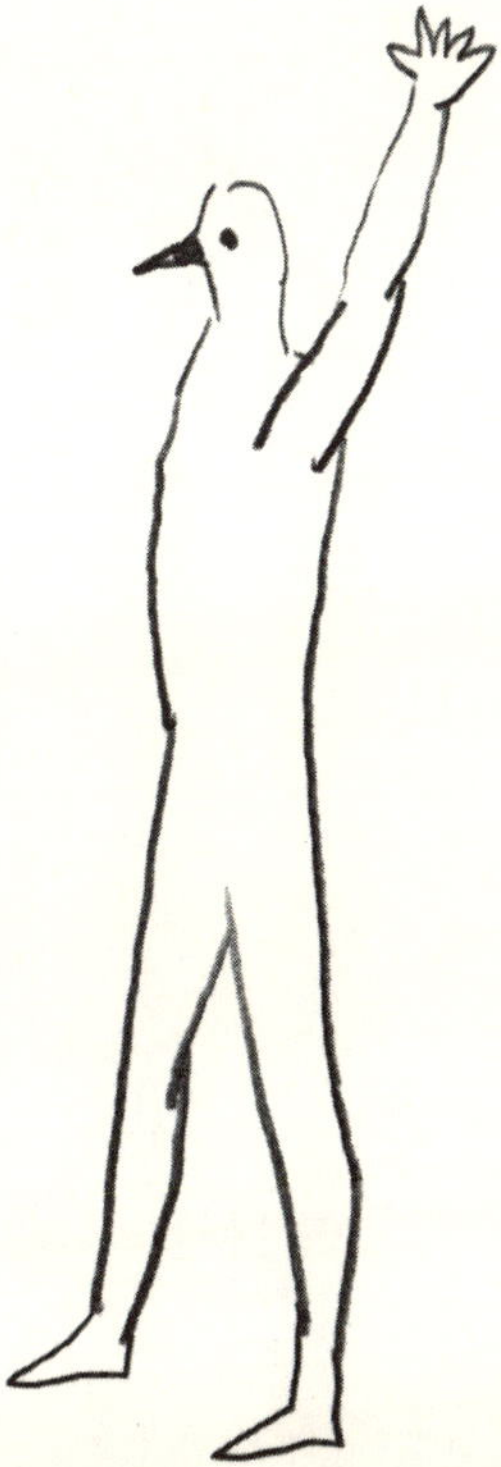

2

だれからも愛されないということの
自由気ままを誇りつつ咲け

ここの店員は皆やたらとハンサムだ、と昼下がりのカフェで気がついた。最初にコップの水を置きに来た女の子は「そこそこ可愛らしい」程度なのに、注文を取りに来た無精ヒゲの男は、テレビドラマで主役ができそうなくらい顔が整っている。今テーブルのわきをすり抜けていった男も、ソフトモヒカン風の突飛な髪型が似合っていて、雰囲気があった。

代官山や中目黒ならともかく、ここは高円寺の駅前のカフェだ。ミュージシャンくずれが好んで住む街として知られている。もしかしたら、あの店員たちも「ミュージシャンくずれ」なのかもしれない。店のユニフォームがギャルソン風でちょっぴり上品なので、必要以上にかっこよく見えているだけなんだろうか。俺が男の顔のレベルに敏感なのは、自分自身、「顔だけの男」だと自覚しているからだ。

「静止画だと二枚目だよね……」

このあいだのオーディションでも審査員に言われた。話すと三枚目になるという意味だったのか。いっそ三枚目なら、まだ仕事になる。大学時代からファッション誌のモデルを細々と続けてきて、今は学生ではない。就職するつもりだったのだけれど結局、アルバイト的にモデルの仕事を続けているだけだ。高円寺のはずれにある実家暮らしなので、生活費には困らない。でも親にパラサイトする売れないモデルよりも、このカフェの店員のほうが立派だと思う。

事務所が気をつかって、雑誌以外の仕事もさせようとしてくれているのだが、動いたりセリフを言ったりする仕事ではめられたことがない。値踏みされ、失格の烙印を押され続けていると、だれにでもいいから認められたい、と切実に思うようになった。一人で、いい。

あれから携帯メールをずっと気にしている。出会い系でメールのやりとりをしてきた人妻にふられた。なんだか唐突に返信が途絶えたので、いつまでも未練がましく待ってしまう。

注文したホットコーヒーが届く。届けてくれた男は身長はやや低いものの、見れば見るほど顔が整っている。どういう事情でカフェのウェイターをやっているのだろう。この中の一人がここでバイトを始めて、その友人たちも次々と同じ店で働き始めて、「類は友を呼ぶ」的な感じで美男子が揃ったのか。いずれにせよ、店員の採用基準がルックスであることは、まちがいないと改めて思った。

店の中央のテーブルに、大皿に盛られたピザやパスタやポップコーンが並べられている。今の時間帯、コーヒー一杯注文するだけで、これらの軽食が取り放題だ。だから近所の主婦で賑わっている。俺みたいな客も、来る。俺はサラダとパスタを自分の席まで運んだ。

ここは二階なのだが店の一部がオープンカフェになっていて、そこにすわったのは携帯の電波が入りやすいだろうと思ったからだ。隣に年齢不詳の、さりげないけれど神経の行き届いた服装をした女性がいて、その向かいには真新しいスーツを着た二十歳くらいの男がすわっている。ふたりとも無言で黙々と食事していて、どういう関係なのかわからない。年が離れた恋人か。仕事の関係か。男の顔はごく普通で、ホストの類いではないと思う。出会い系で出会ったふたりではないか、という妄想がふくらむが、それは自分が出会い系にハマっているからに過ぎないとも思う。

出会い系サイトのほとんどはインチキだ。サクラのバイトをやっていた男友達が断言した。彼は複数の女を演じ切って、そのサイトの売り上げに大いに貢献していたらしい。コツは、相手が何を望んでいるかを察知して、それに合わせた人格を演じることだそうだ。

「客も、半分インチキだとわかってて、それでもふれあいがほしくてメールしてんだよ」

俺もインチキなんだろうと九割くらいは疑っていて、でも残りの一割は信じているから、結局は「出会い系を信じている馬鹿」なのだ。

人妻は「夕子」と名のった。出来すぎた名前だ。いや、そもそもサクラかもしれないが、あまり積極的に出会いたくないのでは、と思わせる投げやりさが、妙に本物らしかった。

俺だって偽名だ。一人称も「僕」だったり「自分」だったり相手に合わせて変えている。写真も何枚か、雰囲気がちがうものをつかいわけている。俺の顔は商品である服の魅力を妨げないとよく言われる。きれいだが印象に残らないのだ。

「男らしい」「中性的」「若い」「大人っぽい」……変身は写真次第だ。

携帯メールのアドレスは、次々と変えていく。最近は使い捨ての「サブアドレス」というのがあり、簡単な手続きで、本物のアドレスとは別のアドレスを取得できるのである。やりとりをしていても、突然アドレスを変えられてしまうことがよくある。彼女がアドレスを変えたくなるようなことをした覚えはないが、俺が三回メールしても返信がなかった。もう無駄だろうと、未練を断ち切るため、彼女のアドレスは携帯から削除してしまった。

画像交換までして、「かっこいいのね！」と言ってもらったことを、今も反芻している。彼女は着物姿だった。出会い系で着物姿の写真を送ってくる女なんて、まずいない。顔は淋しそうだった。淋しそうな写真をわざわざ送ってくる女もいない。そういうのは皆、俺をひっかけるための罠だったのか。でも、サクラなら、あんなふうな切り方はしない。

携帯のバイブレータが動く。イノウエ。事務所のマネージャーからだ。

自分の本名を名のる。芸名を考えるほど売れていないが、仕事でクレジットされるのは姓ではなく下の名前だけだ。映画の小さな役のオーディションを受けろという指示だった。イノウエからのメールはひらがなばかりなのが特徴だ。機械に弱くて変換がうまくできないらしい。

「なんだー、やっぱシンイチロウくんなんだ。これ、私が焼いたクロワッサン。こいつは息子。時間だからもう行くけど仕事がんばってね！」

隣席の女性は突然、電話中の俺に紙袋を押し付け、店を出て行った。ああ、この強引な話し方。昔、仕事をしたことがあるスタイリストだ。名前は思いだせない。俺は電話の向こうの説教にハイハイ相づちを打ちながらも、笑いがこみあげてきて困った。店から遠ざかるふたりに、大きく手を振った。

3

気づくとは傷つくことだ
刺青のごとく言葉を胸に刻んで

俺が観念して脱衣所でワイシャツを脱ぐと、

「お。かっこいいじゃないすか！　井上さん」

売り出し中の若手タレント、吉田が携帯のカメラで俺の右肩を撮影した。吉田のほうが言葉の正しい意味で「かっこいい」が、つっこみをいれるのも面倒で、黙って裸になった。

「あー、それで温泉に入るの、いやがったんすねー。なるほどー、そういうことかー」

　俺の右肩には刺青がある。タトゥなどというおしゃれなものではなく、純和風の刺青だ。若気の至りでいれたもので、大きさも大したことないが、タツノオトシゴの形をしている。龍を背負うほどの器じゃない、と暴走族の先輩に言われて、勝手に絵柄を決められたのだ。

　暴走族にいたのは昔、ほんの一瞬のことで、今は芸能事務所のマネージャーとしてまじめに働いている。会社はそういうことに関して鷹揚で、むしろ「元暴走族」という肩書を面白がってくれた人がいて社員になれたが、そんな過去はタレントたちには話していない。

俺はタツノオトシゴにタオルをかぶせて、さっさと大浴場に移動する。こういうところは刺青をしている者を歓迎しないものだ。以前初めてここに来たときは汗もかいていなかったし風呂には入らず、入口のところで、服を着たまま待っていた。

吉田は「温泉」と言ったが、厳密には温泉ではなく「スーパー銭湯」だ。俺はからだをざっと洗って、ぬるめの露天風呂にひたった。もちろん肩のところのタオルは外さない。吉田は脱衣所で何をもたもたしていたのか、十五分くらい遅れてからようやく露天風呂のあるスペースにやってきた。そして股間も隠さずにデッキチェアに横たわり、日光浴を始めた。

「吉田くん、少しはお湯につかったら……」

俺の声が、貸し切り状態の空間に響いた。露天には俺と吉田だけ。屋内風呂にも老人が一人、二人といるだけだ。水風呂、泡風呂など複数の風呂があるから、そのへんで掃除をしている従業員のほうが数が多いくらいだった。

バラエティ番組の、撮影と撮影のあいまの時間つぶしに、何をしたいかとたずねたら、

「ふるちんで日焼けがしたい。ふるちんで」

吉田は真顔で言った。水着の跡がつくのがいやなのだという。日焼けサロンではなく、天然の紫外線がいい、と言うの

でここの露天風呂を思いだした。撮影場所は調布で、ここは仙川だから、近い。以前うちの事務所の稼ぎ頭だった、オカマタレントのジンに無理矢理ぎみに連れてこられたのが二カ月前だった。

タレントとの恋愛は御法度だ。テレビのプロデューサーが女性で、枕営業を期待されたら俺はたぶんことわらないが、今のところ一度もそんな機会はない。プロデューサーが男色家で、万一、俺のような不細工を愛でる屈折したタイプだった場合、自分はどうするだろうかと想像したことはあった。

けれども、オカマタレントに好かれて、それが色恋沙汰のようにこじれるなんて、人生には何があってもおかしくないのだなと思う。

「刺青のこと……なんで黙ってたんすか？」

デッキチェアの上で寝返りを打ちながら、吉田が言う。ほかに客もいないし、俺はタオルで肩を隠すのをやめた。

「言う必要がないから」

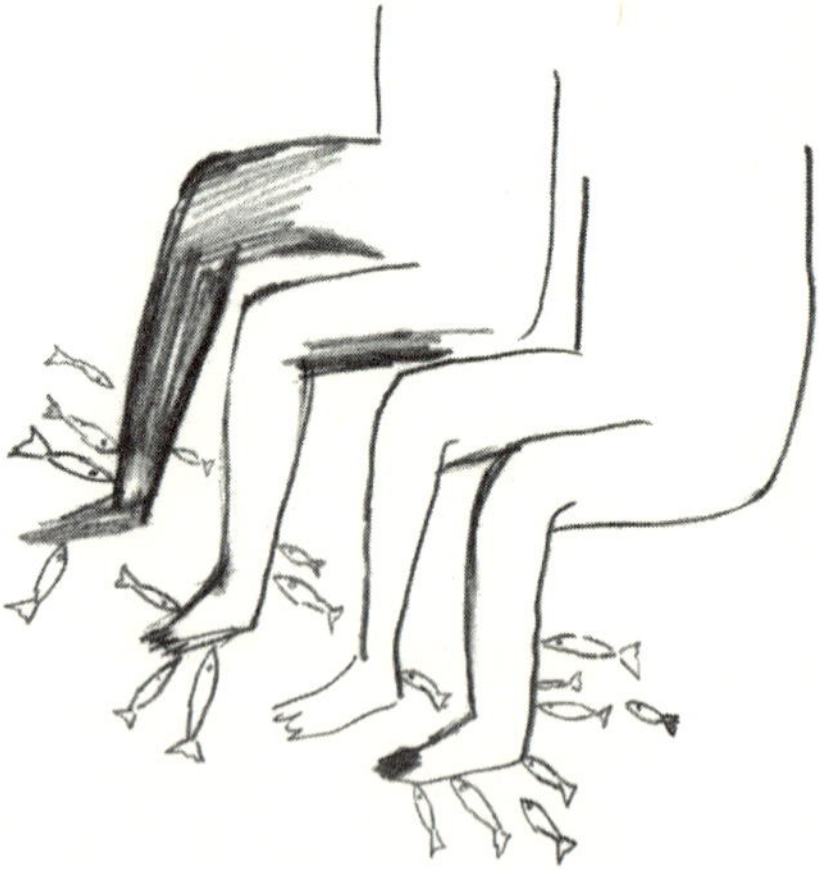

それだけ言って黙ったら、吉田も黙った。

風がちょっと強くて、空をぐんぐんと雲が流れていく。しばらくぼんやりとしていたら、

「お客様！」

従業員の鋭い声がした。

「恐縮ですが、刺青のあるかたのご入浴は、ご遠慮願っております。ほかのお客様にもルールを守っていただいているんで。すみませんが、今すぐ服を着ていただけますか……」

若い従業員の声は震えていた。自分はその筋の人間に見えるのだろうかと思いながら、湯船から出てタオルで股間を隠す。そもそも隠すべきは肩ではなくて、股間だったのになと思うと、なんだか笑いがこみあげてくる。

「吉田くん。俺、先に出てるから、ゆっくり入ってて」

そう言い残して脱衣所に向かい、手早く全身をふいてスーツを着込んだ。さすがに暑いから上着は着ず、手に持った。自販機でビン入りのコーヒー牛乳を買って、一気に飲む。

服を着て、入口のロビーのようなスペースにいるぶんには、だれにも文句を言われない。

ドクターフィッシュというメダカくらいの大きさの魚が、足湯のような状態の水槽に多数いれられており、そこに足をつっこんでいる客がいた。もともとはトルコの温泉にいる熱帯魚で、人間の足の古くなった角質をついばんできれいにしてくれるという。俺は説明書きのポスターを読んで興味をひかれ、券売機で五百円のチケットを買ってレジに出した。

スーツの裾をまくり上げて足先をひたすと、冷たいと思っていた水が、ぬるい温泉くらいの熱さだったので軽く驚く。五百円で十分間。たしかに魚たちはいっせいに足にむらがった。終了後は足の裏が赤くなった気がするが、角質がとれてつるつるになったかどうかは微妙。

もう一枚、券売機に五百円玉をいれて、あと十分間だけ試してみようと思ったとき、つるりとした顔で吉田があらわれた。結局、ふたり仲良く横に並んで、魚についばまれる。

「裸も見せ合ったし、同じ魚に食われたし、これで俺たちの心の絆は、ばっちりっすね」

吉田は水面を指でつっついて、軽口を叩く。

「ジンちゃん、井上さんが一緒に風呂に入ってくれないのは、自分がゲイで差別されてるからだって言ってたんすよ」

はっとして、俺は吉田の顔を見た。そんなふうに思われているとは、思っていなかった。

「ジンちゃん、井上さんのこと好きだったから」

吉田はニヤニヤして、自らの携帯に届いたジンからのメールを、俺に見せた。

〈おひさ！　井上っちのセクシー画像さんきゅ。なんだー、そうだったのー。早く言ってくれたら事務所やめたりしなかったのにぃ。今からでも戻ろうかな。井上っちに、よろぴく♥〉

4

絶倫のバイセクシャルに変身し全人類と愛し合いたい

うつむいて歩いていた私の視界に、真新しい野球ボールが転がってきた。

顔を上げると、駐車場のブロック塀の前で、グローブをはめた少年が両手を挙げている。

私は仕事帰りで軍手をしたままだった。大リーガーのように大げさなモーションをつけ、ボールを少年に向かって投げる。

ボールがグローブに吸い込まれる。小気味よい音だ。

「ナイス、キャッチ！」

少年と私は、ほぼ同時に言っていた。坊主頭に満面の笑みをくっつけました、という顔立ちの少年。近づきつつ、

「キャッチボール、する？」

と言ってみたら、大きくうなずいた。

軍手をしていてよかったと思いながら、まったく車が停め

られていない駐車場を占領する感じで、キャッチボールを始める。

「今、何年生?」

「小六!」

見た目の印象から、もっと小さいかと思った。

「グローブ新しいんだね」

「うん。買ってもらった」

「誕生日?」

「誕生日」

誕生日を迎えたばかりなのだろう。

「野球、好きなの？」

「うん」

「サッカーのほうが人気あるんじゃないの？」

「うん」

「でも、野球が好きなんだ？」

「うん」

あまり話すのが得意ではなさそうなので、それからは無言でボールだけやりとりした。

この少年くらいの頃、私も野球が好きだった。山陰の小さな町にひとつしかないバッティングセンターに、幼い頃から通っていた。店主に気にいられて、代金も払わずに何時間でもバットを振った。フォームが最高にいい、と皆にほめられた。けっこう自信もあった。

しかし中学生になり、初めてスカートをはいて店に入ると、

いつもは人なつこい店主が、

「なんだ……、女だったのか……」

と言って顔をくもらせた。その日、いつものようには打てなかった。そして、それきり、二度とバッティングセンターには行っていない。

取りこぼしたボールを、私は追いかけた。思いのほか遠くまで転がってしまい、無意識に軍手を外していた。マニキュアの赤い色に、はっとする。きょうは気まぐれでマニキュア

をしてみたから、軍手を外さずにいたのだ。

軍手をして服を着て、スーパー銭湯の男湯で掃除している私を、だれも疑ったりしない。バイト面接のときも、履歴書の性別のところはわざとマルを付けずにおいたのだが、そのことを問いただされることもなかった。

戸籍上は女だ。しかし二十歳を過ぎても生理が来ない。そのことを不安に感じることはあっても、不便に感じたことはなく、病院嫌いなことも手伝って、正式な検査もしていない。

自己診断だが、男と女のどちらでもない、「半陰陽」と呼ばれるものではないかと思う。

「ごめんごめん」

そう言いながら、軍手をはめ直して立ち位置に戻る。少年はずっと寡黙、ずっと笑顔だ。

彼は自分が男子であることに、疑いや違和感を持ったことなどないのだろう。私は自分のことを女だと思っている。男になりたいわけでもない。なのに、服を着て女湯の掃除をしていたら、変な注目を集めてしまうはずだ。

好きになる対象も男性だから、裸の男を見放題なのはラッキーなのでは、と考えてみたこともある。けれども、まなざしは常に一方通行だ。心ひかれる男性が、私のことを女として見てくれたことなんて、一度もなかった。

時々、刺青のあるお客さんに注意をするのが私の仕事になる。スーパー銭湯では、たとえファッションとしての小さな刺青であっても、見逃すと秩序が乱れてしまう。私は刺青をいれるような男らしい男性にひかれるから、刺青の肌をだれよりも早く見つけがちだ。本当は気づかぬふりをしてあげたい気持ちもあるのだけれど、規則は規則だし、仕事は仕事なので、近づいていって退出をすすめる。今まで必要以上に揉めたことはない。だが何度同じ場面に出くわしても、自分の声が震えているのがわかる。その瞬間だけ、自分が女であることがバレてしまいそうな、バツの悪い気分になる。

刺青をいれていない自分も、男湯にいられるのは服を着ているときだけなのだ。自分がつとめている店の、女湯に入ることもできない。胸が男性的すぎることが恥ずかしくて、普通の銭湯にも行ったことがない。

「そろそろ帰る時間かな？」

ぱっと駐車場の外灯がともったので、私は受けとめたボールを投げ返すのをやめた。

「うん」

意外にもあっさり、少年はゲームセットを了承した。

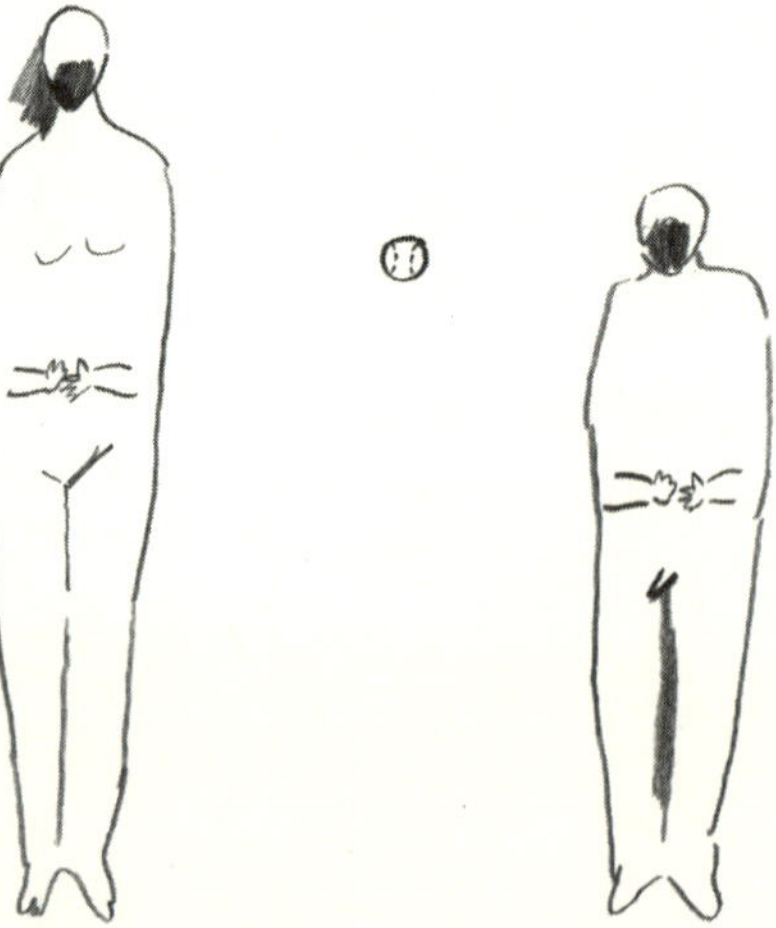

「じゃあ、気をつけて帰って」

「うん」

「おかあさんが、ごはんつくって、待ってるよ」

「……ううん。おとうさん」

迂闊なことを言ってしまったと思った。母親のいない子もいるのだ。父親が母親代わりだから、日曜日の午後にキャッチボールをする相手がいなかったのかと、胸が痛んだ。いや、そんなことで胸を痛めるのは、逆に失礼なのかもしれないと思い直す。人は皆、それぞれの事情の中で、それぞれに立つしかない。

「ありがとお、おねいさん！」

互いの距離が二十五メートルくらいになったとき、ふいに少年がグローブの手を振って叫んだ。関西弁のイントネーションだった。

おにいさん……の聞きちがいかと思って絶句していたら、少年はもう一度くり返した。

「ありがとお、おねいさん！」

私は何も言えず、強く強く、右手を振った。

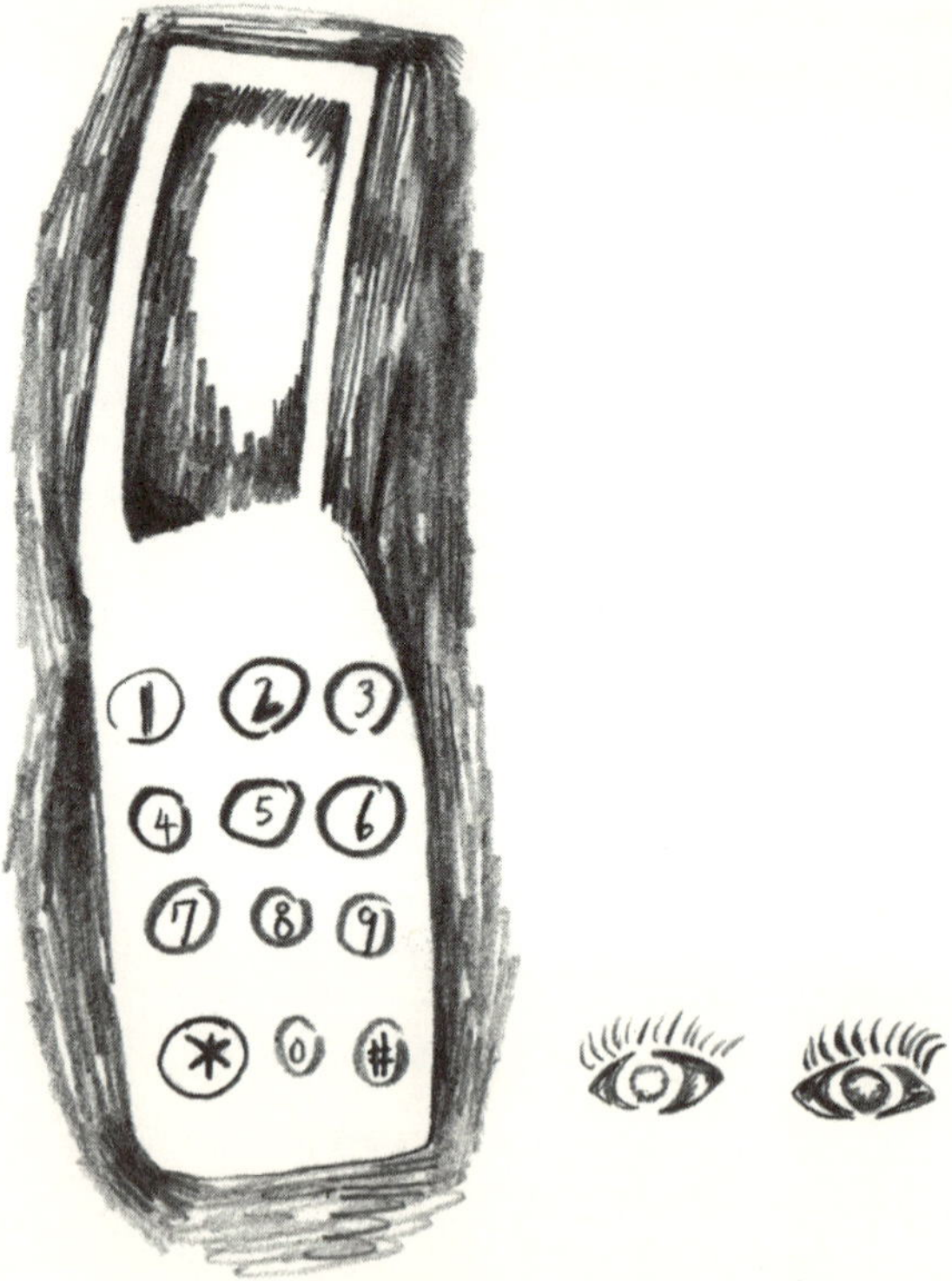

5

両親のパロディとして子は生まれ
どこまでずれていけるんだろう

目がさめたら朝の七時で、部屋に運ぶように頼んでおいた朝食が、ふすまのところまで来ていた。

ゆかたの腰ひもを整えながら身体を起こして窓の外を見ると、夜には気づかなかった高原の緑色がいちめんに広がっている。昨夜、車を運転してきた「ビーナスライン」と呼ばれる観光道路も見えた。人工的に美しい、絵葉書のような風景だ。道に迷いながら宿に着いたときは夜霧が濃くて、こんなに見晴らしがいいとは思いもしなかった。

景子は早起きして温泉に入ってきたらしく、タオルをタオルかけに干したりしている。女将は手際よく朝食を並べると、

「ごはん、足りなかったらお申し付けくださいね」

と言い残して去った。おひつをあけてみたら、絶対足りなくなりそうもない量のごはんが入っていて、景子と顔を見合わせて笑う。

「おかずも多いねー」

と景子が卵焼きに箸をつける。

「そういえばネットの旅館情報でも、おかずが多いって書いてあったよ」

俺は味噌汁を一口すする。少し気まずい。本当は自分も早起きして、混浴の大浴場に一緒に入ろうと思っていた。昨晩は結局、手も握らずに寝てしまったのである。渋滞に往生したせいもあるが、一泊の旅行をするために仕事で無理を重ねて疲れていた。

親に預けてきた優太は、とうに起きた頃だろうか。交際している女性と温泉旅行に行きたいから……と、両親には正直に伝えた。妻が他界してから、気難しかった父親は別人のように柔和になった。実家に帰るたび、自分は年老いた親に優しくされなくてはならないような状態にあるのだなと、再確認する。

国からの児童扶養手当は、母子家庭のみが対象で、父子家庭には支給されない。会社も、父子家庭を支援する仕組みにはまったくなっていない。小学三年生だった優太を、とりあえず六年生までは育てた。

天国の奥さんのことは忘れて、新しい女つくれよ。そう友達が親切のつもりで言ってくれても、あの頃はただ耳をふさぎたかった。まあ三年も経てば気分も変わるだろうと、皆が口々に言っていたが、本当にちょうど三年くらい経ったら、性欲が戻ってきたので驚いた。

ふたりとも無言で、もりもりと食う。やはり男女が温泉旅館に泊まって、何もしなかったというのはあんまりだろうかと考える。出かける前はやる気満々で、セックス自体が久しぶりだったし、コンドームを二種類持参していた。ひとつはゴムでない素材のもの。ひとつはズバ抜けて薄いというやつ。どちらがいいのか迷ったあげく、両方買ってみたのだ。

　この宿は、混浴の大浴場もあるが、部屋ひとつひとつに露天風呂がついているという周到さで、宿泊費は高かったが奮発した。少し前に景子をホテルに誘ったとき、彼女の体調のせいで思いを遂げられなかったから、今度こそはと気合いをいれていた。将来のことまで考えているわけではないが、むろん景子が優太の母親になってくれたらいいのにと夢想したりはする。だが、まだキスどまりだ。自分が童貞に戻ったかのような錯覚に陥る。

窓の外には雲が流れていて、雲の影が草原の上をすべっていく。どんな景色を見ても、優太に見せたら喜ぶだろうと反射的に思う。むきになって食べていたら、おひつの底が見えてきた。

「わあ、おかわり頼む?」

「いや、もういいよ。景ちゃんは、足りた?」

「うん。おなか、いっぱい……」

景子と知り合ったのは妻が生きていた頃で、彼女は優太の昔通っていた保育園で今も働いている。半年前、六年ぶりにスーパーで再会した。保育園の送り迎えは俺が担当していた

ので、お互い顔は覚えていた。一度だけ会わせてみたことがあるが、優太も景子のことは覚えていた。お互い忙しく、温泉に誘う程度に親しくなるのに、半年もかかってしまった。

「じつは……お願いがあるんです」

食後のお茶をいれながら、景子がかしこまって言った。

「なんでしょうか」

俺もかしこまって、座布団の上にすわりなおす。抱いてください、というようなお願いだったらどうしようと想像し、下半身が急に緊張した。ドキドキしていると、大きすぎてスペースの余っている座卓の隅に、おもむろに書類が差し出された。

「すみません。迷ったんですが、ほかにお願いできる人が思いつかなくて……」

まさか婚姻届？　それは早すぎると思いながら手に取り、そこに「堕胎承諾書」と書かれているのを読んでも、何のことだか、しばらくはわからなかった。

「さんざん考えて決心したんです」

……相手の男はだれなの？　という言葉を飲み込み、濃くて味のよいお茶を飲んだ。きょうはこれから桃狩りに行く予定で、大きな桃を土産に買って、あした優太の弁当に詰めてあげよう、レモンをかけないと色がわるくなるかもしれないと、頭の片隅で素早く考えていた。

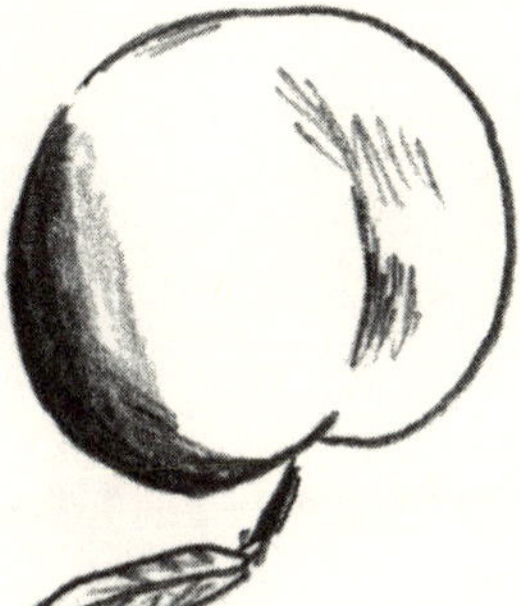

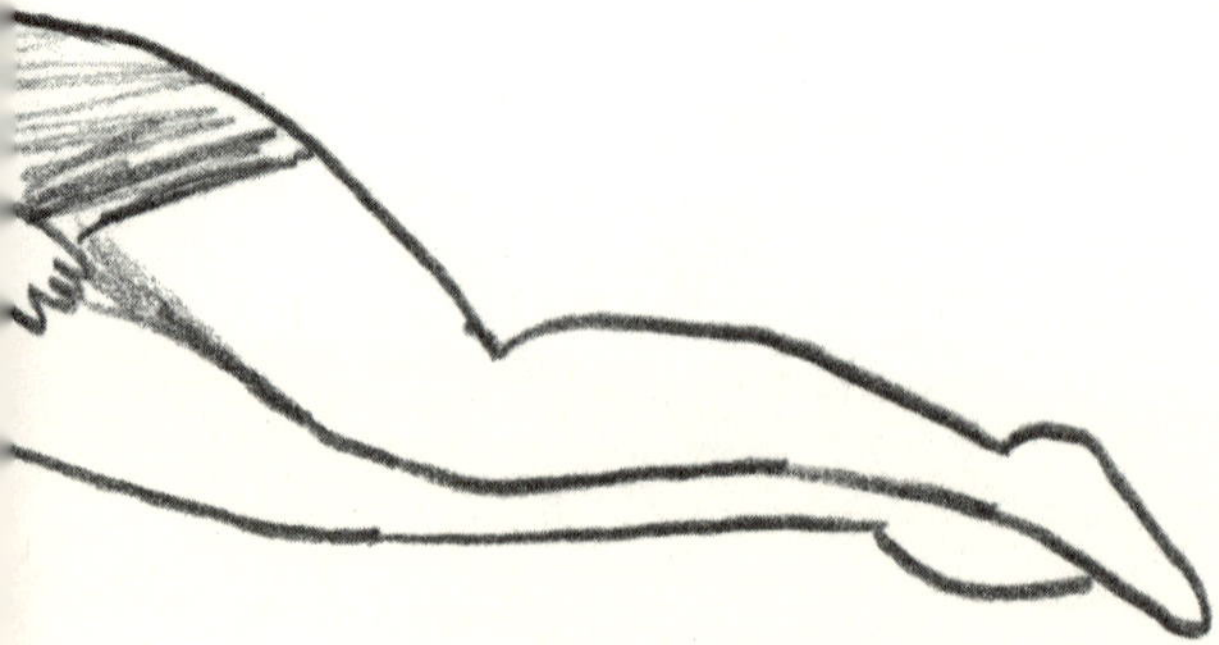

6

この歌は名前も知らない好きな歌
いつかも耳をかたむけていた

くちびるの荒れを気にしながら少し遅刻してホールにたどりつくと、席があいているのは最前列の右のほう、十席ほどだけだった。

そこだけ避けたようにあいている理由は、すぐにわかった。ステージの中央にグランドピアノが置いてあり、向かって左側に演奏者がすわるようになっているから、この席からだと演奏者の手元が見えないのだ。

あいている十席のうち、いちばん左側に席を決める。私の右側は九席が空席で、そこは結局うまらないまま、プログラムが始まった。

遅刻したのはモノレールの駅を探して迷ったからだ。私の知っている立川は、「西友かと思うくらい庶民的な伊勢丹」のある街だったのに、久々に降り立ったら真新しい駅ビルが三種類もひしめき合う、近未来的な都市になっていたので面食らった。モノレールに乗って降り、大学祭の屋台をすりぬけてホールまで歩くのに時間が案外かかってしまった。

音楽専門ではない大学が、なぜこのような「豪華なメンバー」でリサイタルを行うことになったのかを、蝶ネクタイの司会者が得々と話している。その説明は私にはよくわからなかった。そもそもクラシックのリサイタルをちゃんと聴くのなんて生まれて初めてだ。大学祭の一環として企画されたものでなければ、敷居が高く感じて、そもそも来るのをためらったかもしれない。

プログラムの最初と最後に彼の名前があった。彼の本名を知ったのは彼と連絡が一切つかなくなってからだ。ピアニストというのも冗談だと思っていた。なにしろ私が彼と知り合ったのは、始発の頃から終電の頃まで営業しているスポーツクラブのプールなのだ。泳ぐ時間帯が一緒で、すぐに顔見知りになった。ラッコのように水とたわむれながら、冗談みたいな我流の泳ぎ方でぐいぐい泳ぐから、とても目立ってい

た。

「ピアニスト？　……嘘でしょ？」

私が笑ったら、

「嘘です」

彼も笑っていた。

顔写真とプロフィール入りのリサイタルのチラシを偶然、勤め先の保育園で父兄から貰わなかったら、私は彼のことをずっと自称ピアニストの三十一歳だと思っていただろう。本当は、四十一歳だった。

司会者が仰々しくバックステージに去る。

とても四十代には見えない、そして、とてもピアニストには見えない体育会系の男が、ゆっくりとステージの中央に進んで礼をした。もちろん私と目が合ったりなどはしない。拍手が大きい。満席の客たちは皆、彼を目当てに集まっているファンなのだろうかと思う。

黒革靴。黒い細身のパンツ。黒の長袖Tシャツを着ている。

裾が長く、燕尾服のような切れ込みがある。見慣れた隆々の筋肉が、布ごしにもくっきりと主張している。

髪は後ろでひとつに束ねているが、それでも肩までの長さ。いつも白いスイミングキャップの中におさめている、黒々と豊かな髪。

思いのほか、椅子には浅めに腰かけている。尻と足の位置を決めるのにたっぷり時間をかけ、おもむろに力強く演奏がスタートした。

聴いたことのない曲だった。プログラムには「ラフマニノフ　ピアノソナタ第2番」と書いてある。私は保育園でピアノを弾くし、昔は習っていたこともある。ラフマニノフといえば、映画にもよくつかわれているピアノ協奏曲第2番が有名で、てっきりそれのピアノパートが演奏されるものと早とちりしていた。

繊細に動く彼の無骨な手を、見たいと思ったけれど見えない。ロマンティックな旋律ながら、男性的なたくましさを感じさせる曲。教会の鐘を模したような音が、大きく、小さく、始終鳴り響いている。演奏がとても難しいということは、私にもわかった。途中で、

（あ。この曲、やっぱり聴いたことがある）

と気づいた。音色があまりにもちがうのでわからなかったが、同じ旋律をいつだったか彼が口笛で吹いていた。

「なんていう曲？」

私がきいても教えてくれなかった。答えるかわりに、

「ピアニストには、ユダヤ人と、ホモと、ヘタクソしかいないんだ。……ホロヴィッツっていう、偉いピアニストが言ってた」

と言った。

「え。もう一度言ってみて」

私がききかえすと、

「There are three kinds of pianists: Jewish pianists, homosexual pianists and bad pianists」

と、流暢な英語で同じ意味のことを言った。

「じゃあ、あなたはどれに当てはまるの？」

私が本気でききたくて質問したら、彼は、

「全部」

と言って、ウインクした。ユダヤ人の血が流れてるし、ホモだし、ヘタクソなんだ……と。私はまじめに質問したこと自体がバカらしくなって、それ以上話をきくのをやめた。

けれども、何度か話すうち、彼に外国人の血が流れているのは本当らしいとわかった。分厚い胸板や彫りの深い顔は、そのせいだったのかと思った。そしてホモセクシャルであることもどうやら本当らしいと思い始めた頃、自分の部屋に彼を泊めてしまった。酔いすぎていて記憶がおぼろげだったけれども、彼と自分はセックスをしたようだと認めざるをえなかったのは、妊娠が判明したからだ。

演奏は二十分、いや三十分は続いただろうか。ひとつの曲がここまで長いとは思っていなかったので、正直ちょっと不安になってきた頃、曲は鮮やかにぴたりと終わり、拍手が鳴り響いた。それから意外なことに、十五分間の休憩時間が入る旨のアナウンスがあった。

ホールの外の女子トイレには、長蛇の列ができていた。男子トイレのほうはガラあきだったので、私はマニッシュな格好をしてきたことを利用して、すばやく男子トイレの個室に入ることに成功した。改装したてのようなきれいなトイレに腰をおろし、これからのことを考えた。リサイタルが終わったら、楽屋にもぐりこむことはできるだろうか。それが仮にできたとして、彼に今さら何を言えばいいだろう……。

「相変わらずキザな格好よねえ？」

「でもまあ、よく弾いてたわ。さすが」

個室の外で、低い声の男たちが話すのが聞こえた。口調がやけに女性的だなと思う。

「まあね。ホロヴィッツばりの長いバージョンだったしね。最前列の美女たち見た？　あれ、今の妻と、元妻たちだよ。

なんか、みんなで仲良しなんだって」

「何それ。美人だけど、顔みんな似てない？　なんでわざわざ離婚して、おんなじ顔の女と結婚すんの？　へんな趣味！」

「知らなーい。ロシア人の血が流れてるから？」

男たちの女っぽい会話を聞いていたら、なんだか笑いがこみあげてきて、とまらなくなった。彼はヘタクソではない。ゲイでもないし、ユダヤ人の血も流れてない。私の知っている彼は、何もかもが冗談だったのだ……と。

7

指圧師は咳をしつづけ
右脚の痛みほぐれていく午前二時

新人の久保田が予約したシティホテルは、一泊七千円とリーズナブルな宿泊費でありながら、そこそこ新しくて都会的で清潔だった。インターネットで探したのだという。名古屋の栄駅から、わりと歩いたので、文句を言おうとしたとき感じのいいホテルがあらわれた。これなら合格点を出さざるを得ないと、部屋で革靴をぬいでネクタイを外し、ゆったりしたベッドや風呂を見てから改めて思う。

たどりついた部屋はそれぞれ廊下の端にあり、私の部屋の向かい側が久保田の部屋になる。

一日中歩いて疲れた。仕事の打ち合わせを兼ねた食事も済ませてきたから、あとはもう寝るだけだ。どこかで飲もうか、などとは誘わない。久保田も放っておいてほしいだろう。

「主任、お疲れさまでした！」

「お疲れ……おやすみ」

チェックアウトと朝食の時間だけ確認し、つとめて低い声で挨拶して部屋におさまった。

まだそう遅い時間ではない。指圧マッサージを頼もうかと思って机の上を見たが、そのようなサービスはしていないホテルのようだ。私は携帯電話で、いつもの出会い系サイトにアクセスする。東京ではよく利用するものの、名古屋方面の「エリアボード」は初めて見た。

177／79／40水泳体型筋肉質

と書く。数字は身長、体重、年齢の順。四十代なのに三十代であるふりをする男も多いが、いつも正直な数字を書くようにしている。水泳をやっていて筋肉質であることも事実で、これは私の「売り文句」であるから必ず書く。

栄のホテルで太い脚マッサージしてくれという一文をタイトルのところにいれる。

本文には、出張で東京から来たことや、既婚者であることもコンパクトにまとめて書いた。ここを見ている男たちに

とって、「女性ともセックスができるバイセクシャル」は、そうでないゲイよりは価値がやや上なのだ。

妻子がいて同性と交際している男は多い。私が一晩つきあったことのある著名なピアニストは懲りずに離婚をくり返しており、さらに毎晩のように新しい男と別れ続けている。

投稿します、というボタンを慎重に押すと、私の書いた文章がすぐ掲示板に反映される。

そして五分もしないうちに、私の携帯メールに三通のメールが届いた。掲示板には「サブアドレス」と呼ばれる、使い捨てのメールアドレスを載せてあるから、ふだん仕事などでつかう本アドレスが知られることもない。

１６５／62／28ヒゲ坊主

などと、届いたメールにも送り主の特徴が端的に書かれている。俺にマッサージさせてほしいっす。……体育会系風の言葉づかいだ。「ヒゲ坊主」とは坊主頭でヒゲを生やしていますという意味。ゲイに人気のある典型的な外見のひとつだが、私は好きでも嫌いでもない。

三通のメールを読んでいるうちに、続けて二通のメールが届く。私はあまり悩まずに、純粋にマッサージが得意そうな三十一歳サル顔の男に返信を出した。一方的に気持ちよく指圧マッサージをしてほしいと、自分勝手な願いを書いただけなのに、これだけ反響があるのはゲイの世界ならではの現象だろう。おそらく指圧以上の何かを期待している男ばかりだが、それ以上のことをさせる気はない。

たくさんの欲望がそこかしこに渦巻いている。足の裏をじっくり見せてほしいという足裏フェチの書き込みもあれば、道にツバを吐く癖のある男性が好みですという書き込みもある。俺のでかいのをしゃぶってくれという男がいる一方で、長時間しゃぶらせてくださいという男もいる。需要と供給のバランスがとれたときに契約が成立するというのは、私が昼間やっている仕事と何ら変わりはない。

シャワーを浴びてから歯を磨いていると、ドアが三回ノッ

クされた。無言で、あける。

たしかにサルっぽい顔の男だった。私の頭の先から足の先までを容赦なくチェックしている。私は事前に「画像交換」をすることにどうしても抵抗があるので、とりあえず会ってみてダメだったら正直に言ってほしいとメールで伝えてある。ダメだった場合は「缶ビールください」と言ってくれれば、缶ビールを渡すからそれを飲んでから帰ってくれ、と。

サル顔をベッドにすわらせ、私も隣にすわる。なんとなく不満そうな顔をしている。

「缶ビールいるか?」

わざと男らしい声をつくって、言ってみる。

「いらないっす。自分で運転してきたから」

やはり不機嫌そうな声だ。そのくせサル顔はダウンジャケットをぬぎ、ニットキャップはぬがずに近づいてきて私の両肩をもみ始めた。私はガウンをぬいでベッドに横になり、マッサージに身をまかせようとした。と、彼はぬいだばかり

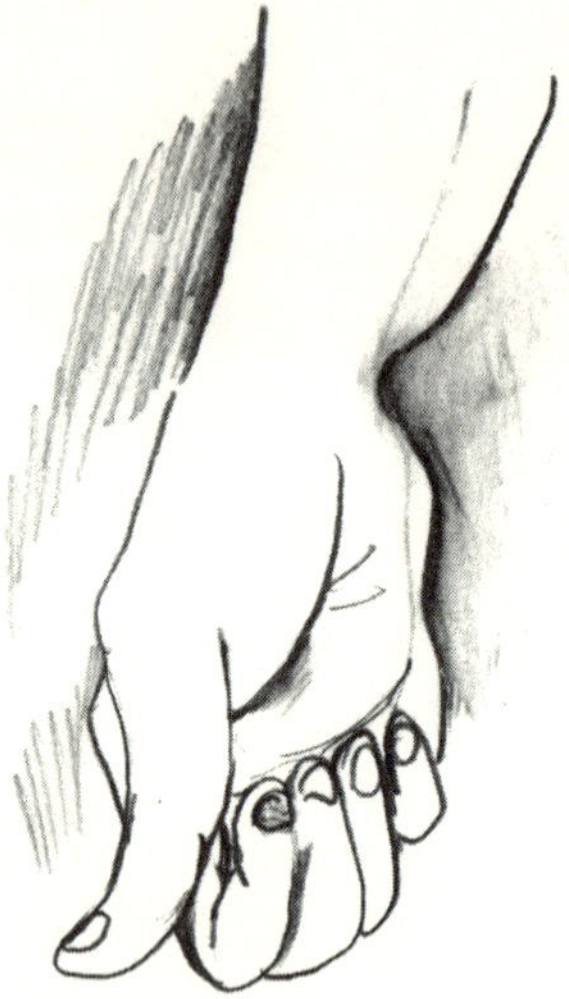

のダウンジャケットをまた着込み、ドアを乱暴に閉めて、出て行ってしまった。

私のことがタイプではなかったのだろう。

それはもう仕方ないことなのだが、少し落ち込む。携帯を見ると、新しいメールが届いていた。マッサージのプロです、と書いてあるのを見て、つい返信してしまった。待ちながらじっくりメールを見たら、体重が百十二キロだった。

ぐんにゃりした気持ちになり、気がついたら朝になっていた。寝てしまっていた！　久保田からのモーニングコールで目がさめた。

誕生日に妻が選んでくれた遊び心のある柄のネクタイを身につけ、ホテルの一階にあるカフェで、バイキングスタイルの朝食をとる。疲れがとれていない。首をこきこきと曲げて、コーヒーをすする。自分が目をパチパチさせていることを自覚する。妻によく指摘される癖だ。困っているときに出るらしい。

「きのう、面白いことがあったんですよ」

久保田の目が輝いている。

「夜中にドアの外で音がするから、レンズから覗いてみたら、すげえ怪しいデブがいたんです。こわごわドアあけたら、『マッサージのプロです』とかって笑顔で言うから、面白いと思ってマッサージしてもらったら、すげえ上手で。しかも金払うとき、タダでいいって言うんですよ！　悪いから千円払いましたけど。上手かったなー。プロっていいですよね」

私はまず、血が逆流するような気持ちになり、次に、寝てしまったことを残念に思い、けれど、まだ見ぬ百十二キロ男の欲望が満たされたのだとしたら、それはいいことだ……コーヒーを飲み終える頃には、そう思っていた。

久保田はしかし翌日、会社を休んだ。「マッサージのプロに風邪をうつされた」らしかった。

バター

あとがき

離婚してから、新宿二丁目で飲むようになりました。

そこで出会った愛すべき友人たちのことを頭に浮かべながら書きました。自分のことも書きました。

単行本になるまでに時間のかかった一冊です。ゆっくりとでも必要な人に届いていきますように。

２０１１年８月

枡野浩一

枡野浩一（ますの・こういち）

1968年東京生まれ。歌人。口語の短歌で、時代の気分を的確に表現し、「ネット短歌ブーム」を牽引。短歌のみならず詩、作詞、レビュー、小説など、さまざまな執筆活動を行う。近年はCM、演劇、映画にも出演。編著書は三十冊以上にのぼる。青春小説『僕は運動おんち』（集英社文庫）は「ナツイチ2011」の一冊に。近刊は映画コラム短歌集『もう頬づえをついてもいいですか？』（実業之日本社文庫）、選者をつとめた『ドラえもん短歌』（小学館文庫）、ツイッター発の詩集『くじけな』（文藝春秋）。會本久美子の絵とのコラボレーションである本書は、初の連作掌編小説集である。
http://masuno.de/blog/

會本久美子（えもと・くみこ）

1981年千葉県生まれ。イラストレーター。雑誌、書籍、CD、服飾雑貨、ライブ映像ほか、多様な用途のイラストレーションを創作。作品集に銅版画集『botanica』（パピエ・コレ）がある。イラストレーションを提供した最近作は、おおはた雄一のアルバム『光を描く人』（コロムビア ミュージックエンタテインメント）、カラトユカリのアルバム『私のうたうこと』（TOWNTONE）、アンヌ・ヴィアゼムスキーの書籍『少女』（白水社）など。
http://emotokumiko.com/

初出

「本とも」（徳間書店）創刊号〜七号（『歌よりも長く』改題）

短歌出典

1〜4　枡野浩一『ハッピーロンリーウォーリーソング』（角川文庫）
5　枡野浩一『淋しいのはお前だけじゃな』（集英社文庫）
6〜7　枡野浩一＆河井克夫
『金紙＆銀紙の 似ているだけじゃダメかしら？』（リトルモア）

すれちがうとき聴いた歌

2011年10月15日　初版第1刷発行

著　者　　枡野浩一
イラスト　會本久美子
デザイン　篠田直樹（ブライトライト）
編　集　　大嶺洋子、田中祥子
編集協力　階段社
発行人　　孫家邦
発行所　　株式会社リトルモア
〒151-0051　東京都渋谷区千駄ヶ谷3-56-6
tel:03-3401-1042　fax:03-3401-1052
http://www.littlemore.co.jp/
印刷・製本　凸版印刷株式会社
本書の無断複写・複製・引用を禁じます。

Printed in Japan
©2011 Koichi Masuno, Kumiko Emoto　©2011 Little More Co., Ltd.
ISBN978-4-89815-320-8　C0095